汤松波　著

大地星辰

平田题

四川民族出版社

图书在版编目(CIP)数据

大地星辰 / 汤松波著. -- 成都：四川民族出版社，
2020.12 （2023.7重印）

ISBN 978-7-5409-8975-0

Ⅰ. ①大… Ⅱ. ①汤… Ⅲ. ①诗集-中国-当代
Ⅳ. ①I227

中国版本图书馆 CIP 数据核字（2020）第 035996 号

大地星辰

DADI XINGCHEN

汤松波　著

出 版 人	泽仁扎西
责任编辑	周文炯
封面设计	力扬文化
责任印制	谢孟豪
出版发行	四川民族出版社
地　　址	四川省成都市青羊区敬业路 108 号
邮政编码	610091
印　　刷	成都兴怡包装装潢有限公司
成品尺寸	145mm×210mm
印　　张	10
字　　数	150 千字
版　　次	2020 年 12 月第 1 版
印　　次	2023 年 7 月第 2 次印刷
书　　号	ISBN 978-7-5409-8975-0
定　　价	48.00 元

目录

Contents

序言

Preface

作为一种启示的诗学

——关于汤松波的诗歌方式（代序）

霍俊明

  汤松波的"大地星辰"同时为我们打开了向上和向下的两个维度，在这一既日常又高蹈、既具体又提升的空间中我们必然会注意一个问题，即一个诗人的精神视野、文化积淀、时间意识以及观察事物的位置会对诗歌的深度、广度以及整体艺术和思想品质产生极其重要的影响。我曾经在十几年前评论过汤松波的诗作，而现在面对他的"大地星辰"这些涉及五十六个少数民族文化的主题性组诗的时候则有了另一番认识和感受，这既与汤松波的个体写作有关又与当下整体的写作情势、诗歌生态以及诗学走向相关涉。

  需要明确的是谈论涉及民族题材或主题的诗歌人们往往会强调其地域性、民族性、异质性以及集体无意识形成的传统等等，但我们也应该注意到一部分诗人在抒写本民族的文化和现实的过程中也存在着表层、浮泛、刻板、符号化的现象。正如吉狄马加所强调的："诗歌虽然具有其自身的特点和属性，但写作者不可能离开滋养他的文化对他的影响，特别是在这样一个全球化的背景下，同质化成为了一种不可抗拒的趋势。"而汤松波诗歌的启示正在于真正的诗人应该能够在"少数人的写作"与"多数人的阅读"之间取得有效的平衡。这些"少数者"首先要面对的就是时代景观、社会现实以及民族文化，而在全球化和城市化的时代语境中诗人的责任还在于使得个体生存、"少数"基因、母语、文化传统、历史谱系在当代语境中得以持续发展和有效赓续。真正的诗人能够将民族性、宗教、哲理、玄思、文化和生命、现实、时代、历史的两条血脉贯通，能够避免诗歌眼界的狭隘性，从而更具有打开和容留的开放质地以及更为宽广、深邃的诗学空间。

汤松波诗歌明确的写作方式呈现为不无突出的抒情意识和沉思质地，他诗歌在叙事性、日常性和戏剧化流行的今天一直没有回避诗歌抒情所面对的困境和挑战，他十分有力地通过写作实践证明"抒情"在诗歌写作越来越突出个人意识和日常属性境遇下并非是过时和无效的，反而是强化了"抒情"与"综合写作"的有效互动。实际上，目前的诗歌写作越来越碎片化，既没有赢得专业读者的好感又失去了越来越多的普通读者，究其原因就在于诗歌的"散文化""私人经验"和复杂的表现方式使得诗歌的传播空间不断紧缩，而有效读者则越来越少。在这样的情势下诗人必须具备写作的综合能力，尤其是要使诗歌具有互动性、开放性。恰恰汤松波多年来的诗歌实践已经找到了属于自己的写作途径，这就是非常有效地融合了"诗"与"歌"的关系，解决了诗歌的"散文化"和"音乐性"的壁垒状态，打通了"阅读的诗"和"朗诵的诗"的隔阂。我刚才谈及的这些汤松波的诗歌的融合质素并不包括汤松波那里一部分纯粹的"歌词"创作（它们大多已经被谱曲，甚至有的已经广为传唱），质言之我仍然是在"诗歌"内部在谈论诗歌的内质、方法、传播途径以及社会功能等问题。汤松波诗歌很容易赢得读者，这并非意味着汤松波诗歌是"肤浅的""流行的"或者"心灵鸡汤"以及空泛无物的"民族赞歌",而恰恰是在诗歌的内在品质和外在形式以及抒情和音乐性方面形成了读者和评论者容易阅读、介入、互动和共鸣的有效空间。汤松波的诗歌并没有降低一个诗人的思考能力、精神能力甚至思想能力,无论是他的指向了广阔的社会文化、优秀传统、民族文化元素、地方性知识的致敬人类记忆传统的诗作——这些诗歌更多涉及到的文化空间和历史结构,还是面向对个体的内在经验、情感视域以及日常空间想象力的诗作——这些诗作则更为深切、本真带有个体生命的体温和呼吸。大景观、大视野的"记忆之诗"(布罗茨基说过"诗歌是对人类记忆的表达")与小角度、内在视角的"个体之诗"(个体之诗最终要抵达的则是生命诗学)这两种类型的诗歌在汤松波这里并没有高下之别,而是同等重要、相互打开、彼此互动,而任何耽溺或无限强化了一个维度的诗歌写作实际上都是危险的。汤松波的这些诗作则大多都具有知性和情感、抒情和陈述、内在节奏和外在韵律的立体融合和有效平衡。打开与内敛、深入与平衡、流畅与律动、个人空间与外部场域(比如关联在一起的传统、文化、历史以及时代和现实)就形成了情感、经验、智性以及想象力的复调和和弦。也就是说,汤松波的诗歌实践同时解决了诗歌的内部问题和外部功能,而二者从来都是不可分割的有机整体。诗人必须走出封闭的空间而打开更为及物的社会文化空间和历史空间,尽可能地在诗歌写作的个人诉求和社会效应之间达成真正意义上的融合。本质上看汤松波向外辐射或向内深掘的写作是一种"对话诗学",比如"走进那达慕大会 / 一股从历史深处吹来的雄风 / 会猛然沁入你那 / 钙质流失得太多的 / 肌骨 // 清晨,那盛装的姑娘 / 又在挤着牛奶 / 让一个个简化了的汉字 / 滋补了，再滋补……"（《蒙古》）如果没有对这个时代人们的深入观察，没有对民族文化、历史构造的独特理解，没有对诗歌话语的独特把握，没有通过表层进入事物内核的深入透析，没有将客观景观和所见之物提升、过滤和转化为主体心象以及不可见之物的求真意志，没有将民族元素、公共意象转化为个人体验和深度意象的内在机制，没有超越现实吸附力的修辞能力，诗人是绝对写不出如此开阔而又深入的诗句来的。更为重要的是，汤松波采用的是抒情化和朴素的表达方式，不是判断和表态，而是缓慢的诉说和倾诉。这一"对话诗学"首先是自我与自我的对话，而弗罗斯特正说过自我和自我争辩产生的是诗歌。诗歌的产生一定从自我、身体感受、日常经验、生命流变、生存际遇开始的，也就是说诗歌首先维护的是个人的记忆功能。其次，诗歌的产生又不会完全只局限于自我而是要与自然、现实以及历史发生呼应，这也是不断调整和校对一个人在生存和社会活动过程中的位置和发声的过程。这一"对话诗学"也是给诗歌和诗人以及读者带来个体主体性、独立性、及物性、开放性阅读空间的必备前提和牢靠基座。

汤松波的诗歌基调始终是对生存、生命、文化、历史、宗教、民族、信仰甚至诗歌自身的敬畏态度和探询的精神姿态，很多诗句都通向了遥远的本源性写作的源头。这无疑使得他的诗歌在共时的阅读参照中更能打动读者，因为这种基本的情绪，关于诗歌的、语言的和经验的都是民族和人类所共有的。这种本源性质的精神象征和相应的语言方式在一定程度上带有向民族、传统和母语致敬和持守的意味。而任何一个民族以及个体所面对的诸多问题都是共时性的，从而与此相关的文本也打开了面向生存、世界、历史、文化、族群和人类的尽可能宽远的文化空间和诗性愿景。融合"诗"与"歌"，打通诗人和读者的通道，打开个人与民族历史的有效的命名方式，这正是多年来汤松波的诗歌实践带给我们这个时代其他诗人同行的启示。汤松波的诗歌传达了个人的声音，也传达了民族的声音和中国的声音。这让我们再次想到了重要的诗学命题，尤其对于与民族文化相关的诗歌而言，诗歌既是个体的和民族的，又是世界的和人类的。写作者进入诗歌、事物、现实、时代乃至世界的途径和表现都是具有巨大差异的，实际上在写作越来越多元化和强调现代经验的今天却并不存在着一种绝对的方向和途径，而关键在于一个诗人在适合自己的诗学道路上能够不断地予以坚持、发现并不断拓展和创设。这正是一个诗人的语言良知、社会关怀、民族道义以及诗性正义。

是为启示。

2020 年 1 月，雪后

[霍俊明，河北丰润人，诗人、批评家，中国作协创研部研究员、中国作协诗歌委员会委员，著有《转世的桃花——陈超评传》《于坚论》等十余部，曾获国家哲学社会科学优秀成果奖、第十五届北京市哲学社会科学优秀成果一等奖、第十三届河北省政府文艺振兴奖、2018 年度十大好书奖、《诗刊》2017 年度青年理论家奖、第二届草堂诗歌奖·年度诗评家奖、第四届袁可嘉诗歌奖·诗学奖（2017—2018）等。]

序曲

这是山川辉映的
一道道闪亮的灵光
这是大地祖传的
一帧帧生动的底片

在世界最高的山峰下
沐浴历史的霞烟
在人类最广阔的海洋边
喜迎日出的盛典

东方星座
挥舞长江黄河的音阶
合奏着一部
古老而新鲜的华夏诗篇

汉

汉族人口众多，按人口排序，在中国五十六个民族中居于首位。汉族使用汉语和汉字。汉族有多种宗教信仰，盛行祖先崇拜。几千年来，提倡以"仁"为中心，重视伦理教育，由孔子、孟子思想体系形成的儒家学说对汉族产生着深刻的影响。汉族的节日很多，主要是春节、元宵节、清明节、端午节、中秋节等，过春节又称为过年，是汉族人千百年来的传统节日，也是一年中最隆重的节日。过年时，除夕要守夜，初一要拜年。汉族人民历来以简朴、富于创造精神著称。汉族历史上的经济是以农业为主，兼营家庭副业，是一种典型的男耕女织的自然经济。汉族的农业生产在历史上素来发达，尤其以水利灌溉和精耕细作著称于世，汉族的手工业也有相当高的发展水平。

汉

炎黄子孙：汉

龙凤呈祥：且飞且舞的汉

方块汉字：写汉

名与姓：呼汉

中山装、旗袍：美汉

孔孟学说：儒汉

大屋顶：顶汉

四合院：合汉

四大发明：大汉

六礼：礼汉

七大方言：曰汉

八大菜系：品汉

八大名酒：醉汉

十二生肖：十二类好汉

春节：节节开花贺汉

书画：书不尽画不完的汉

中医：医汉，也医非汉

中华武术：强汉

也有过第一声：憨

还有过第二声：寒

更有过第三声：呐喊的喊

现在是第四声了：汗、撼

汗水没有白流的

汗

撼动世界的

撼

蒙古

　　蒙古族，是一个富有传奇色彩的民族，也称"马背民族"。主要分布在内蒙古自治区、黑龙江、吉林、辽宁、新疆、甘肃、青海、宁夏、河北、河南、四川、云南、北京等省（区）市。蒙古族有自己的语言文字，蒙古文初创于成吉思汗时代。多信藏传佛教。献哈达、敬鼻烟壶是蒙古族人民比较正规的见面礼俗；拜佛、祭祀、拜年以及对长辈和贵宾表示尊敬等都需要使用哈达。同时，蒙古民族也有很多禁忌：火忌，水忌，奶忌，忌年小者摸其头，忌虐待牲畜，忌在住地、牲口圈附近方便等。蒙古牧民多住圆形的蒙古包，便于拆迁。因精骑善射，从事游牧业，故有"游牧民族"之称。蒙古族能歌善舞，素有"音乐民族"之美称。蒙古族的传统节日主要有"白节"（时间和汉族的春节一样）、祭敖包、那达慕、马奶节等。

蒙古

马头琴悠扬的内蒙古大草原
马奶酒飘香的内蒙古大草原
那是一幅连黄河也不敢小瞧的
草书

黄河北上
拐出那么大一个几字形的弯
只为去亲吻一下内蒙古大草原
铿锵的韵律

假若抹去这些草
抹去这一匹又一匹马的狂草
抹去这一匹又一匹马的狂欢
成吉思汗的英名

又岂能流芳千古
横跨亚欧的传奇
定然是杜撰的典故

走进那达慕大会
一股从历史深处吹来的雄风
会猛然沁入你那
钙质流失得太多的
肌骨

清晨，那盛装的姑娘
又在挤着牛奶
让一个个简化了的字
滋补了，再滋补……

回

回族，是中国分布最广的一个少数民族。在宁夏、甘肃、青海、新疆、河南、河北、山东、安徽、北京、天津等地分布较为集中，形成大分散、小聚居的居住特点。回族在其东迁之初，阿拉伯语、波斯语和汉语同时使用，由于长期和汉族杂居，逐渐习用汉语、汉文，同时也保留了一些本民族的词汇，少数人会用阿拉伯语，在边疆地区，回族人还是使用当地的民族语言。多信仰伊斯兰教。在长期相处中，虽受汉文化影响较大，但在心理状态和经济生活、宗教信仰、风俗习惯等方面，仍表现出自己显著的特点。丧葬、婚姻、节庆及饮食等受宗教影响至深，并已成为民族习惯。

回

请君看看

这个回字

像不像一幅

精装细裱的画

里面一小口

是画心

外面一大口

是画框

棱角分明

正正方方

可悬可挂

可赏可观

如果你多看几眼

准能从中

看出清真寺的轮廓

看出新月的画眼

细细地看

准能看出养眼的

灯彩

地毯

刺绣

象牙

景泰蓝

看出汤瓶

看出虎图白

看出清真言的

优雅题款

看出开斋节的笑

古尔邦节的欢

而赡思丁的才学

李贽的哲论

札马鲁丁的天文仪

郑和的航船

亦黑迭儿丁的图纸

高克恭和改琦的画笔

海瑞的忠直，以及

民族英雄马本斋呼啸来去的回民支队

也都在这一幅

"回"形的画里

得到了淋漓尽致的挥洒

画外音呢

似马九皋的散曲

更似动听且动心的花儿

动心且动听的回族音乐

藏

藏族，分布在西藏自治区和青海省大部、四川、甘肃、云南等省的部分地区。藏族讲藏语，分卫藏、康巴、安多三种方言，公元7世纪前期创制藏文。多信仰藏传佛教。1027年藏族有了自己的历法，以十一月一日为新年，每年阳历的八月初，过"望果节"。藏族节日丰富多彩。有生产性、纪念性节日和社交、游乐性节日，还有很多宗教性节日。其中，以藏历年、林卡节与雪顿节最为著名。藏族歌舞种类很多。同时，舞蹈的宗教特性尤为丰富。藏戏、唐卡画、雕塑和建筑艺术也十分发达。藏族文学作品《格萨尔王传》是民间说唱体英雄史诗，《仓央嘉措情歌》享誉世界。藏族传统医学和天文学也很发达。

藏

请先让我
把青藏高原的藏
读成珍藏的藏

青藏高原
正是祖国一座
高高的神仓

数不胜数的神山
数不胜数的圣湖
数不胜数的寺庙
数不胜数的牧场
悉数珍藏在这
哈达的故乡
雄鹰的天堂

哦，我还是应该

把这珍藏的藏

读出高音

读成西藏的藏

且让我

先饮一碗酥油茶

润一润嗓

再醉一回青稞酒

提提腔

把这个藏羚羊的藏

藏獒的藏

藏红花的藏

藏医的藏

藏戏的藏

藏文的藏

藏学的藏

读得一如

飞快的安多马一样

剽悍的康巴汉子一样

高高的玛尼堆一样

神圣的布达拉宫一样

湍急的三江源一样

洁白的喜马拉雅雪峰一样

圣美　激荡

愿是一线诵经的风啊

愿是一朵转经的云

愿是青藏铁路的一枚道钉

当当作响

愿来世变成扎西

爱今生的卓玛姑娘

愿来世变成卓玛

把今生的扎西恋上

愿南迦巴瓦

这中国最美的山峰

和雅鲁藏布

这中国最美的峡谷

平平仄仄地

诵出我爱的诗章

藏啊，藏

我在格桑花丛里高高地读你

读着读着便变成了喊

喊着喊着

就变成了永不停顿的歌唱

维吾尔

维吾尔族，主要分布在新疆维吾尔自治区，尤以喀什、和田和阿克苏地区最为集中。维吾尔族是一个多源民族，最主要的来源有两支：一支是来自蒙古草原的回纥人，另一支是南疆绿洲上的土著居民。主事农业，有经营农业的悠久传统。多信仰伊斯兰教。维吾尔族有自己的语言文字——维吾尔语。维吾尔人能歌善舞，其民族乐器品种多样，造型精巧，民族服饰风格独特，注重礼仪。喜欢喝奶茶，主食是面粉制作的烤饼，称为"馕"，拉面也是他们喜欢吃的主食。其传统节日基本上都是伊斯兰教的宗教节日，主要有库尔班节（古尔邦节）、肉孜节（开斋节）。

维吾尔

你是否知道

维吾尔这三个字

是

团结的意思

联合的意思

协助的意思

凝结的意思

而

沙漠的意思是浩瀚

戈壁的意思是无垠

山峰的意思是雄伟

冰川的意思是冷峻

"火炉"的意思是炼真金

千里岩画廊的意思是奇

葡萄沟的意思是醇

坎儿井的意思是巧

和田玉的意思是美

烤全羊的意思是香

哈密瓜的意思是甜

达尔孜的意思是绝

十二木卡姆的意思是欢

古尔邦节的意思是庆

欢庆——

住平顶房的维吾尔

是不平凡的维吾尔

欢庆——

房顶开天窗的维吾尔

是说亮话的维吾尔

欢庆他们的外表是

小花帽　袷袢　连衣裙

内心却图腾着一只

吟唱纯真与高尚

友谊与爱情

和平与春天的

夜莺

比如纳斯列丁·阿凡提

他难道不是从维吾尔三个字中

提炼而出的

不凡的精品

哦　新疆的简称

是新

新疆新就新在

维吾尔确实令人

耳目一新

新字的部首

——亲

苗

　　苗族，主要分布在贵州、湖南、云南、广西、四川、广东、湖北等省区。苗族有自己的语言——苗语，同时通用汉语。苗族曾有自己的文字，但失传了。20世纪初英国传教士与苗族、汉族的知识分子创造的一种拼音文字，俗称"老苗文"，现仍在川、黔、滇部分苗族中使用。主要从事农业，兼营油茶、油桐、漆树等经济林木业。苗族的宗教信仰主要是自然崇拜和祖先崇拜。苗族人能歌善舞，"飞歌"高亢嘹亮，极富感染力；舞蹈有芦笙舞、板凳舞、铜鼓舞等。苗族最大的祭祖节日是"西松"，每年秋后举行一次。斗牛是苗族喜爱的一项活动，每年正月、端阳、中秋等佳节常举行。此外还有踩鼓、赛马、摔跤、斗马、斗鸟等活动。

苗

一

历经了几千年的迁徙
这些苗儿
才扎根拔节

扎根拔节于山

山，是苗的肩膀
苗，是山的峰峦

二

苗者，描也

在大山里描着平安

苗者，妙也
妙手回春的苗药
治疗骨伤　蛇伤　毒箭伤　刀枪伤
确有神速之效

而暖暖阳光　柔柔星光
在他们心上一遍遍涂抹
早已把心伤治好

三
·

听！苗岭之上

鹧鸪声声

《九十九个太阳和九十九个月亮》

已不知被蜡染

多少代多少年

光明坦荡银饰

沿着茶香

从山这边的她身上

一直晃到了山那边的

他心坎

四

他说，苗，不吹牛但吹木叶
她说，苗，不舞弊但舞芦笙

其实就叫南蛮也好
这个蛮字
就是那个蛮好的
蛮

彝

　　彝族，主要分布在云南、四川、贵州和广西，有自己的语言——彝语。彝族主要信仰多神，崇拜祖先。彝族人民能歌善舞，民间流传着各种曲调，如爬山调、迎客调、娶亲调等等。每年的农历六月二十四日是彝族最隆重的火把节。这天，人们手执火把围绕住宅和麦田游行，然后燃起篝火，唱歌跳舞，村寨充满了节日的欢乐。

彝

一

又一棵古树
把太阳的灯芯
慢慢挑出来
挑亮了

每一条解冻的小溪
都在学唱着
爬山调

二

这串鸟鸣
明显地带着颤音
莫非　它也到了

举行成年礼的

年龄

三

美丽的彝族阿妹

丢一个眼神

在酒杯

醉你百回也不多

她的百褶裙

状如喇叭

正如喇叭

向他

向你

也向我

广播着一种

临风的美

四

察尔瓦披在他肩上

就有了大山伟岸的造型

再黑的夜色

他也敢裹在头上

或者说，是夜色

在他头上裹成了一把

英雄结

五

6月24日的口弦
6月24日的月琴
——都喝醉了
通宵跳锅庄的星星
跳出了内心的火把

是火，是火的长舌
把大凉山的凉字
丝丝舔暖

壮

　　壮族，主要聚居在广西壮族自治区南宁、百色、河池、柳州、崇左等地。壮族人民居住的地方，基本上是连接在一起，但也有相当一部分和汉、瑶、苗、侗、仫佬、毛南、水等民族杂居。

　　壮族区域是一个山水秀丽、物产富饶的地方。境内山峦起伏，石灰岩分布很广。由于长期的雨水侵蚀，形成了壮丽的石林、岩洞、伏流等奇特的喀斯特地貌。气候温和，年平均气温在20℃，属于亚热带气候。壮族有自己的语言，属汉藏语系壮语族，并且在20世纪50年代创制了拉丁拼音文字。壮族信仰多神，崇拜祖先，佛教、道教也有一定影响。壮锦是壮族的传统纺织工艺品，与湘绣、蜀锦齐名，图案精美，织工精细，享誉海内外。

壮

壮乡美
石林　岩洞　伏流
地上地下
一个劲儿地美

壮人甜
荔枝　菠萝　龙眼
嘴里心里
一个劲儿地甜

行走在壮乡
山歌呀，不用说了
刘三姐能唱得
鲤鱼都跳上坡哩
跳入你眼帘的

还有壮戏

还有壮锦

还有黑黄紫红绿的五彩蛋

还有黑白黄红紫的五彩饭

还有　还有人山人海的

三月三

哪根灯草不扯油哟

哪个妹子不风流

三月三的主题里

绣球抛得比秋波

还欢

冷水泡茶茶不香

泡在这

热热闹闹的壮乡里
热热闹闹的铜鼓声声里
不知不觉你被泡成了
一片散发着清香的叶儿
在自如地舒展

碟子栽花福分浅

生在壮乡才不冤

生在这

处处美如桂林山水的壮乡

处处堪称长寿之乡的壮乡

甘蔗般的日子

一节更比一节长

布依

　　布依族，主要分布在贵州、云南、四川等省，布依族操布依语，部分兼通汉语，使用汉文。布依族主要信仰多神，崇拜祖先。布依族的文化艺术丰富多彩，口头文学，特别是山歌比较著名。布依族的乐器——铜鼓也比较有特色。它不仅是祭祀、喜庆、丧葬时的乐器，而且是权力的象征，击鼓可以聚众。年中除春节、端阳、中秋等节日基本与汉族相同外，还有"二月二""三月三""四月八""六月六""六月二十四"等富有民族特色的节日。

布依

一

那田园
每一棵庄稼
都在凉爽爽的秋风里
鞠着丰收的躬

那溪流
每一颗卵石
都在清凌凌的温柔乡里
做着苔藓的梦

二

吊脚楼

有一身爬坡的好功夫

蜡染，无疑是
另一种颜色的
黄果树瀑布

三

布依粽里的核桃
特好

花江狗肉
烫、辣、香

她白净净的脸

她白晃晃的银饰
是他是你还是谁眼里的
冰糖

四

水稻民族
无糯不过节

无糯不成礼

糯香四溢的
查白歌节
铜鼓，鼓舞着人心
也鼓舞着
一声又一声
呱呱合唱的蛙鸣

朝鲜

朝鲜族，主要分布在吉林省延边朝鲜族自治州和长白朝鲜族自治县，有自己的语言文字。朝鲜族重视教育，具有优美的民族文化艺术，能歌善舞。节日与汉族大致相同，过春节、清明节、端午节、中秋节等。带有民族特色的有三个家庭节日，即婴儿诞生满一周年、"回甲节"（六十大寿）、"回婚节"（结婚六十周年纪念日）。朝鲜族人民热爱体育运动。跳板和荡秋千是朝鲜族妇女喜爱的传统运动，摔跤和踢足球则是男人们擅长的运动，延边素有"足球之乡"的美称。

朝鲜

一

黑吉辽
好极了

因了那一抹
素素的白

二

在延边
是盐变的么

——素白服装的
这一族

三

长白山上
长白山下
他们散居着
如小雪
他们集聚着
如大雪

四

如小雪轻飘
如大雪狂飙
顶水舞
扇子舞

长鼓舞

农乐舞

雪舞秋千

雪舞足球

鸭绿江　图们江　松花江

全都在为这些雪花

谱曲

五

雪白也雪红
红得一如
长白山火山口
曾经爆发的岩流

八女投江
那永恒的一幕

满

满族，主要分布在辽宁、吉林、黑龙江三省，以辽宁最多，河北、山东、内蒙古、新疆、北京等也有少数居住。满族有自己的语言形式——满语，亦普遍习用汉语、汉文。满族人旧时信仰萨满教。满族人的文化源远流长，语言学家罗常培、著名作家老舍、书法家启功、京剧表演艺术家程砚秋等都是满族文化的典型代表人物。满族精于骑射。满族人的住房一般有两间正房，门向南开，外屋有灶，里屋北、西、南三面有炕，院内一般有影壁，立有供神用的"索罗杆"，如果家中生男孩，便在大门左边挂一个用杏树枝做的弓；如果生了女孩，在门的右边挂一个红布条。满族人农历除夕爱吃手扒肉，"萨其马"是具有满族独特风味的点心。

满

一

海东青
还在长空之上
翱翔

它在关里关外
大地之上的
迅猛投影
真令人意足心
满

二

饱满的满族

满出过

满汉全席的

辉煌

平定"三藩"

"改土归流"

八旗雄风满打满算

确有一把

好算盘

三

满则溢嘛

溢到古装戏里的

那些旗袍

那些优雅与大方

又有几人能和它

比攀

四

满招损的典故

确实也曾在清末
不知不觉应验
无可奈何出场

但从不满足的
满族
翅羽仍比白山高
眼神仍比黑水长

侗

侗族，主要分布在贵州、湖南、广西毗连地区。侗语是侗族的民族语言，现在多数人能说汉语，有的地方完全说汉语，原来没有自己的文字，1958 年设计了以拉丁字母为基础的文字方案，但没推行起来，现在基本通用汉语。侗族主要从事农业，兼营林业。侗族信仰多神。侗族传统节日有侗年、吃新节、祭牛神节等。吃新节时，早稻刚熟，家家尝新米饭，供奉祖先，并唱多声部侗族大歌、演侗戏，举行斗牛活动等。

侗

一

饭养身
歌养心

不用一钉一铆的鼓楼
是侗寨必不可少的
高音

二

风识谱
雨通韵

风雨桥下

溪河日夜不停地驮着
碎银

三

祖母堂亮出了
侗家的家底

纺侗布
织侗布
染侗布
青蓝紫白
贴身也贴心

四

有道是——
侗不离酸
吃的是——
鱼酸肉酸
菜也酸

是谁？用一缕
酸酸甜甜的心事
拍遍了雕花的栏杆

糯香缠着炊烟
撒欢

五

她那转来转去的
眼神
可是两大杯醉人的转转酒
在多声部的侗族大歌里
来回荡漾

斗牛节
节省不了
节节上涨的
喝彩声浪

瑶

　　瑶族，以其历史悠久，迁徙频繁和文化独特而为世人所瞩目。瑶族是一个山居民族，大部分散居在海拔 1000 米以上的高山和密林之中，少部分居住石山、半石山地区，或丘陵、河谷地带，主要分布在广西、湖南、云南、广东、贵州、江西等省区。瑶族以大分散、小集中、依山建立村寨为特点，一般是几户至几十户聚居成村，周围与汉、壮、傣、侗、哈尼、苗族的村落毗邻，也有不少的瑶族与其他民族同村寨居住。瑶族有自己的语言，属汉藏语系苗瑶语族，但是由于语言支系复杂，各地语言差别较大，无本民族文字。瑶族的民族节日较多，主要有盘王节和达努节等。

瑶

瑶

曾经一步一摇

走在崎岖的山道

是朝廷的徭役和刀矛

让一步一个血印的

盘瑶

山子瑶

顶板瑶

花蓝瑶

过山瑶

白裤瑶

红瑶

蓝靛瑶

八排瑶

平地瑶

坳瑶

把巍峨的群山

选作避难所

山野敞开起伏的胸膛

接纳了这一支支

赤脚攀爬的部落

山雨　山风

一如赤脚医生

清洗着　缝合着

他们比山谷还深的伤口

听！疲惫的山溪

瘦弱的山鸟

仿佛还在哀哀怨怨地

诉说——

"刀耕火种在上坡

收入不满小半箩

山芋野菜度日子

火堆蓑衣当被窝"

好在史书里
这血泪斑驳的一页
早已被时代之手
翻过

瑶山

瑶胞

瑶歌

今日已在我这个游客

左手的手机里

右手的相机里

从飘摇

走进了逍遥

白

白族，主要居于云南大理白族自治州，丽江、碧江、保山、南华、元江、昆明、安带等地和贵州、四川凉山州、湖南省桑植县等地亦有分布。白族说白语，有南部、中部、北部三个方言，用汉字的音和义再加上一些新造的字来记录白语，被称为"白文"，是藏缅语族中吸收汉语最多的语言。现在，白语中含有大量的汉语借词，汉文为白族人通用的文字。白族主要信仰本主，也信仰佛教和道教等。白族文化艺术古老丰富，有本民族建筑、医学、史学、文学、音乐、舞蹈、戏曲、绘画、雕刻等。有屹立千年的大理崇圣寺、剑川石宝山石窟、鸡足山建筑群、南诏时期传入中原的有名的"狮子舞"以及石、木工艺和门楼的建造。

白

一

一抹白白的
广告色
抹掉了你在纷繁的生活里
不由自主染上的
黑

上关风
下关花
苍山雪
洱海月
诗情画意着
流连忘返的游客

二

到三月街里
买一只烤茶的小陶罐吧

一道茶
二道茶
三道茶
先苦后甜再回味

三

五朵金花

哪一朵你此生都不要错过了
好山好水好人家
尽情拍摄

毕竟只有神仙与圣人
才有五百年一次的轮回

四

美奂美轮的挂包
请给我捎上
一个两个三五个

请一定用它

把蝴蝶泉的传说

一滴不漏背回家

至于大理石

那妙趣天成的灵动水墨

完全可以

在你的书房我的书房

在你的心房我的心房

讲述一支民族

在顽石里

轻盈行走的

佳话

土家

　　土家族，主要分布在湖南省西北部、湖北省恩施地区和四川省东部地区，与汉、苗等族杂居。土家族有自己的语言，属汉藏语系藏缅语族中比较接近彝语的一种独立语言，大多数人通汉语，只有湖南的永顺、龙山、古丈等聚居地区，还完整地保留着土家语，本民族无文字，通用汉文。"摆手舞"是流行的古老的集体舞，包括狩猎、军事、农事、宴会等方面的70多个动作。节奏鲜明，动作优美、朴素，有浓郁的生活气息。土家族地区有神奇的山水风光，这是得天独厚的旅游资源，是土家民族心性潜移默化的基因，这些奇丽的山川造就了土家人民心灵的美丽和性格的坚忍顽强。

土家

腊月二十八是土家的小年
腊月二十九是土家的大年
土家人过年总要
早那么一天

土家人把围猎
轻松松地叫做赶杖
土家人把打击乐
兴冲冲地叫做打溜子
土家人把糯米粑
喜滋滋地叫做糯米粑粑
——多一个字便多出了几分
悠长的余味

而土家人头缠的青丝帕
够长的了
竟然长达两三米
不过总没有记忆里的酸楚
那样长——

长长的澧水应该还记得
东吴，老拉着土家人的左手不放
长长的黔江肯定也忘不了
蜀汉，老拉着土家人的右手不松
土家人和土家人的好山好水
差点就成了
长长拉锯战里的锯末

幸亏土家人的图腾
是威震山川的白虎
幸亏土家人的吊脚楼
最适应土的抑扬顿挫
它们在高低不平的武陵山地
随处都可以站得
稳稳当当

土家人过年
才能每一年
都早那么一天

哈尼

哈尼族，主要分布于云南省元江和澜沧江之间，主要聚居于红河哈尼族彝族自治州的红河南岸、江城哈尼族彝族自治县、墨江哈尼族自治县，及新平、镇、元江、元阳、绿春、金平等县。哈尼语是哈尼族的民族语言，无文字，1957年创制了以拉丁字母为基础的拼音文字，但尚未普及。哈尼族主要信仰多神，崇拜祖先。哈尼族民间口头文学极其丰富，有讲述万物来历的《创世纪》、叙述人类战胜洪水的《洪水记》、反映民族迁徙的《哈尼祖先过江来》等。哈尼族舞蹈有"三弦舞""拍手舞""扇子舞"等，其中流行于西双版纳地区的"冬波嵯舞"舞姿优美，具有浓郁的民族特色。哈尼族传统节日有"十月年""六月年"等。

哈尼

哈哈！哈尼人有福了

哀牢山不哀
上百级的梯田
像耍魔术一样
从河谷
一级一级
一直摞到了山巅

似哈尼人深深的额纹
又似哈尼人
劳作时留下的
深深指纹
一尾又一尾鱼儿
在这万千明镜里
追逐着银锭般的云影

秧苗一插下去
哀牢山便绿成了一梯
翡翠

稻谷成熟时
哀牢山又堆积了一梯
黄金

哈尼人们有福了啊
南糯山
也如香香的糯米一样
香得让人垂涎

并不普通的
普洱茶
从南糯山远走天涯
走出了令东南西北风
都要咂舌的
天价

一缕缕茶香
香着哈尼人的人气
香着哈尼寨的寨神
神清气爽的蘑菇房
里里外外都荡漾着
哈哈笑声

哈萨克

　　哈萨克族，主要分布在新疆维吾尔自治区伊犁哈萨克自治州及新疆巴里坤哈萨克自治县、木垒哈萨克自治县，少数分布于甘肃阿克塞哈萨克族自治县和青海海西蒙古族藏族自治州。哈萨克语是哈萨克族的民族语言，从汉语、维吾尔语、蒙古语里吸收了许多词汇，不少人兼通维吾尔语、汉语和蒙古语。多信仰伊斯兰教，仍有萨满教信仰残余。哈萨克族民间口头文学极为丰富，民间流行许多古老的诗歌、故事、谚语、格言等。哈萨克族民间乐曲十分丰富并善于用舞蹈来表达自己的思想感情和抒发自己内心的喜怒哀乐。哈萨克先民的传统节日是纳吾鲁孜节，流传至今，类似于春节，在农历春分日举行。

哈萨克

一

中国有
神奇的大西北

大西北，有
神秘的大草原

大草原上，有
神驰的骏马

骏马上，有
白天鹅的部落
——哈萨克

二

几乎所有的雪山
都在模拟着
白天鹅的

白

三

几乎所有的雪山
都不由自主地礼赞着
白天鹅洁白的
白

作为白天鹅化身的
哈萨克
像恋穹庐一般
像恋牧场一般
像恋冬不拉一般
像恋"叼羊"和"姑娘追"一般
恋着——
骏马所在的大草原
大草原所在的大西北
大西北所在的
大中国

傣

  傣族，主要分布在云南省德宏、西双版纳、耿马、孟连及新平、元江、金平等地。傣语是傣族的民族语言，主要有德宏、西双版纳和金平三种方言；傣文来源于梵文字母的拼音文字，20 世纪 50 年代经过改进，现通行西双版纳和德宏两种傣文。多信仰小乘佛教。傣族具有悠久的历史和灿烂的文化。文献方面有《贝叶经》和著名的傣历、叙事长诗《召树屯与桶木诺娜》《娥并与桑洛》等。艺术方面有优秀民间歌手"赞哈"动人的演唱，有优美的孔雀舞、动听的象脚鼓和铓锣等。主要传统民族节日有开门节、关门节、泼水节等。镶牙套、染齿和文身是傣族的习俗。

傣

傣者
人之泰也

人之泰是
孔雀舞出来的
人之泰是
泼水节泼出来的

曾几何时，孔雀
这亚热带的吉祥鸟
原始森林里的精灵
从身姿婆娑的凤尾竹中
从亭亭玉立的槟榔树下
走着　舞着
不知不觉就舞进了
傣家的佛寺
傣家的竹楼

它们的翎羽上

闪烁着傣家人

世世代代醉饮不尽的祥光

在象脚鼓按捺不住的

一声声呐喊声里

盛装的傣家男女们

早已舞起来啦

他们独舞着，一枝独秀

他们群舞着，遍地群芳

他们在孔雀惊奇的瞳孔里

舞得比孔雀出窝更出窝

舞得比孔雀探头更探头

舞得比孔雀觅食更觅食

舞得比孔雀沐浴更沐浴

舞得比孔雀展翅更展翅

舞得比孔雀开屏更开屏

惹得看花了眼的太阳

也扇动飞舞的翅膀

惹得满地滚淌的阳光

激起了醉香四溢的波浪

而澜沧江清纯的波浪

在一朵朵适时而开的

凤凰花的围观下

泼在了傣家人的头上　脸上　身上

"依拉贺，依拉贺，水水水！"

比洁泉还靓的祝福水

比甘露还甜的幸福水

从一束束鲜花与青枝上洒出来

从瓢里扬出来

从盆里泼出来

从桶里倒出来

从水枪里射出来

甚至是从随手拽出的塑料管里喷出来

把亲情　爱情　友情

把傣字的一笔一画

淋得湿润无比

此时的空中花炮

正在为傣家人

往更高里拔节的日子

点题

此时的江上龙舟

正在为傣家人

往更快里前行的步伐

引路

黎

　　黎族，主要居住在海南省中南部的黎族苗族自治州，其余散居在万宁、屯昌、琼海、澄迈、儋县、定安等县与汉族杂居。黎族的居住区处于北回归线以南，具有得天独厚的气候条件，光照充足，长夏微冬，四季常春。黎族有自己的语言黎语，无文字，通用汉文。黎族是能歌善舞的民族，口头文学丰富，民间故事和歌谣众多，民间乐器有口弓（口弦）、鼻箫、"拜"（排箫）等，在节日劳动间歇，黎族人喜欢跳竹竿舞，通常是在庭院或打谷场上跳这种舞。"三月三"是黎族民间的传统节日。

黎

在热带
在海南岛
在天涯海角
鹿回头的传说
堪称一曲
天惊海泣的
情歌

你可知
情歌里的男主角
正是一个
黎家的小伙
茫茫尘世间
又有几位执著的男子
能像他一样
拥有如此美艳的收获

收获最丰的
却是黄道婆

她老人家
生于宋之末
手下拥有位居元之首的绝活
不过这绝活
也是从黎家女子手里学来的
而且一学就是三四十个春秋
直把自己从豆蔻年华
学成了黄脸婆

当她把这手绝活
偷偷带到千里之外的故土
一下子就成了
历史的名角

呵呵
伟大的纺织家黄道婆
在黎家人的眼里
也真是一个
可亲可敬的黄"盗"婆

傈僳

　　傈僳族，是云南省世居民族之一。主要聚居在云南省怒江傈僳族自治州，其余分布在云南的丽江、迪庆、大理、德宏、楚雄等州县和四川凉山等地区。傈僳族操傈僳语，原有西方传教士创制的大写拉丁字母及其倒写变体作字母的文字，还有一种自己创造的没有字母的音节符号，均因结构不完善，未通行。傈僳族有自己独特的历法——自然历，他们把一年分成开花月、鸟叫月、烧山火月、采集月、收获月、煮酒月、狩猎月、过年月和盖房月等十个季月。傈僳族的主要节日有澡塘会、收获节、过年节等。

傈僳

一

你也许想戴她们的欧勒帽
你也许想穿她们的百花裙
你也许爱喝他们的同心酒
你也许爱食他们的烤乳猪

但是一条怒江
挡去了你的路

二

山高水也深
山陡水也怒
江面上一条生命线般的溜索

令你头晕、手抖、心发怵

怒江，显然是
路障的同义语

三

不只是把出路挂在溜索上
他们把田地也挂在了山壁上
刀杆节上勇踩刀梯的傈僳族
缀满野花的斜坡上
凌空架起了千脚落地屋

花鸟历中的十个节令
犹如连心的十指

把生活里藏得深而又深的泉眼

——抠出

四

可千万别把它简单地看成一条

可旅可游的风景线

它应是划在你心里的

一条闪电、一道伤口、一阵痛楚

好在这上不着天

下不着地的溜索

正要作古

正在作古

正在被一座座新建的连心桥

替补

佤

佤族，主要分布于云南省沧源、西盟，其次在澜沧、孟连、耿马、镇康、双汇等地。佤族有自己的语言——佤语，原无通用文字，1957年创制了拉丁字母形式的文字。佤族居民多用竹筒煮饭，吃饭时，由主妇分食，一次平均分完，嗜好饮酒。佤族主要信仰多神。

佤

流云在高空临摹了多少回
也临摹不出他们
三千年的崖画

云南　西盟　沧源　孟连
澜沧江　萨尔温江　阿瓦山
石洞　葫芦
勒佤　布饶　腊　佤崩　佤固德　恩人
1990 年　351974 人
汉益州　唐南诏　宋永昌
传教士　新中国　拉丁字母形式的佤文
居山岭　捕猎　种杂粮
迁徙　不留余粟
不以牛耕　妇用攫锄
酸竹笋　鸡肉烂饭　竹筒酒　辣椒
佩带长刀　弩　铜炮枪

黑色短衣　宽口大裤　横条花短裙

崇尚黑色和圆环

项圈　手镯　脚箍

银制品　竹藤制品

孔雀　白鹇

以动物或动物与人为主人公的题材和故事

木鼓舞　甩发舞

串姑娘　对唱情歌　奶母钱　逃婚

父子连名　幼子继承财产

杀牛祭天　万物有灵

木衣吉　开天　辟地　打雷　地震

水鬼　树鬼

小乘佛教　耶稣教

禁忌

修水田　水电站　拖拉机

农具　冶铁

大学生……

这些胎记　这些结
这些泪点　这些出血点
这些景点　亮点　热点　兴奋点
有的已深深刻入
勐省河流域半山区的崖画里
更多的则活在
崖画之外

外面的游客
来到阿佤山的竹楼前

情不自禁融入了
阿佤人的格言和谜语里
里里外外都在
神、人、畜分用的火塘边
冒出一种蒸蒸日上的
热气

口嚼槟榔手扶岩画
耳边正飘来阿妹
水灵灵的歌声——
　"蚂蚁爬树
不怕树尖高……"

畲

畲族，主要居住在福建、浙江、江西、广东、安徽五省80多个县（市）的部分山区，多与汉族杂居。畲族有自己的语言——畲语，属汉藏语系苗瑶语族苗语支，99%的人使用接近于汉语客家方言的语言，无文字，通用汉文。畲族笃信盘瓠为始祖的传说，重祭祖。畲族地区多属亚热带湿润性季风气候，有丰富的作物及特产资源，农产品以稻谷、玉米、豆类、烟叶、土豆为主，盛产林木及毛竹。每年农历"三月三"是畲族的传统节日，各家照例要蒸乌米饭，用来聚餐、赠友、祭祀祖先。唱对歌是他们最大的特点，在日常生活中和山间劳动时，常以对歌当对话。每年中的农历六月初一、七月初七、立秋、八月十五、九月九等都举行盛大的盘歌会。

畲

一

盘姓的畲

蓝姓的畲

雷姓的畲

钟姓的畲

一个始终把人字举在头顶的

畲

畲字走到哪里

哪里的寒冬

便被火笼火塘烤得暖融融了

哪里的长夜

便被米酒麦酒灌得醉醺醺了

二

结庐山谷的畲
诛茅当瓦的畲
编竹为篱的畲
伐荻为牖的畲

一个始终把田字踩在脚下的
畲

畲字走到哪里
哪里的荒山
便成了鲜嫩的茶园
哪里的沟壑
便成了丰收的良田

三

祖杖上刻龙头的畲

头顶上戴凤冠的畲

手工艺称奇的畲

点穴功叫绝的畲

一个始终把自己

读成第一声

写成十二画的畲

一年十二个月里

都请看在我们

同是龙之传人的分上

赊一点医术给我吧

赊一点武术给我吧

赊一点

勤劳、勇敢和智慧

给我

高山

　　高山族，世代生息于中国台湾省大部分地区，祖国大陆也有少数散居。高山族有自己的语言，没有本民族文字。高山族还保留着原始宗教信仰，崇拜祖先。高山族能歌善舞，有嘴琴、竹笛、鼻箫、弓琴等乐器，尤其是"杵乐"，更具独特的民族风格，还善于雕刻、绘画和刺绣，有优美的民歌、古谣、传说，手工艺方面的雕刻、编织、陶器等都很有特色。高山族的节日往往与农事活动有关，比如播种节和丰收节，内容是祭祖、举行农耕仪式、会餐、歌舞娱乐等。

高山

高山族请站到宝岛的

高山上吧

隔海相望，望一望这边的

大陆

大陆上有你们的闽越先祖

而我也要站到高楼上

隔海相望，望一望你们栖身的

山地、平原、兰屿——

那里的密林中

可曾有一脉相承的和风细雨

那里的田畴里

可曾有四季不断的杂粮五谷

那里的波光上

可曾有一尾又一尾闪亮登场的飞鱼

那一支
渴饮过倭寇和殖民者之血的
长矛
它的好胃口是否
仍如当初

当我在海峡此岸
嚼到你们采摘的槟榔
尝到你们种植的菜蔬
并通过荧屏
欣赏到你们的
灵祭舞、甩发舞、丰收舞

我禁不住
要借白云的信笺
寄去比长江还长的
滔滔祝福

拉祜

　　拉祜族，主要分布在云南澜沧江和双江、孟连、镇沅、耿马及西双版纳等地。拉祜族操拉祜语，由于拉祜族长期与汉族、傣族人民密切交往，多能兼用汉语和傣语。原没有自己的文字，后来有西方传教士创制的拉丁字母形式的文字，现在通用汉文。拉祜族有丰富的口头文学，诗歌中有一种叫做"陀普科"（谜语），深为群众所喜爱。拉祜族的音乐、舞蹈都具有独特风格。传统乐器有芦笙、三弦等。拉祜族习惯于用竹筒烧饭菜，用竹筒烧出的饭菜不仅保持了原料的风味，又有青竹的清香，十分可口。扩塔节是拉祜族最重要的节日，一般在农历正月，择吉日举行。

拉祜

一

拉着拉祜的手
两个人的心跳
在叠加

拉祜与我们相加
加成了五十六
加成了一条心

二

这支村寨里加竹篱的民族
广场上加神柱的民族
头上加包头的民族

衣裳尚黑裤子加肥的民族

长袍加三条红色花纹的民族

让竹筒加饭的民族

让竹筒加茶的民族

允许男人女人都加烟酒的民族

允许男儿女儿都加财产继承权的民族

把葫芦加成了芦笙

把节日加成了

歌舞的海洋

篝火的盛宴

三

一如弩弓加弦再加箭

拉祜人的田里加上了

一排又一排稻秧

双季稻
当然是他们每年必算的
大加法

常年不熄的火塘
一加再加

五

而
枝繁叶茂的神树林
鸟鸣虫欢的神树林
禁伐
禁减法

如果从树梢减去八月

从南溪河里减去
阿妹的倒影
那肯定是因为
一个人织的情丝
拴不拢两个人的心

六

鲜花不一定要减刺
而天空早已减去了一朵云

那一朵被减得远远的云
看上去的确像一张
曾经赖以遮体的兽皮或蕉叶

早已加衣的拉祜人
又在加甘蔗般的公路
加阶石般的课本
……

水

　　水族，主要分布在贵州省三都水族自治县，部分居住在都匀、荔波及广西环江、南丹、河池等县境。水族有自己的语言，属汉藏语系壮侗语族。水族原有一种古老的文字，称为"水书"，造字方法有象形、会意、谐音和假借，现在则通用汉文。有丰富的口头文学、舞蹈、刺绣和雕刻。水族主要从事农业，盛产水稻、小麦、棉花，水果品种很多。水族有自己的历法，在许多传统节日，最隆重的当推"端节"。主要信仰多神。

水

他们祖祖辈辈的
居住地
都要依山
都要傍水

水书
水历
水家布
还有那
不用乐器伴奏的
水歌
自然是水族的
专利

他们把情歌
叫做"希普都爱"
一句句日夜流淌的
希普都爱

正是水族人不可或缺的
液态水

固态水莫非便是餐桌上
鲜鲜美美的鱼么
气态水无疑是
他们祖祖辈辈一脉相承的
那一股子
风生水起的
生气

让人惊喜的是
这支尚水的民族
竟然每年都要敬火神
水火相融
水火互济
或许正是他们
生生不息的秘诀

东乡

　　东乡族，主要聚居在甘肃省临夏回族自治州境内大夏河以东和黄河以南的山麓地带。东乡族讲东乡语，多数人兼通汉语，本民族无文字。有丰富的群众娱乐活动和民间口头文学，"东乡花儿"人人会编会唱，是民间喜闻乐见的艺术形式。东乡族人忌食猪、狗、驴、骡等肉和忌抽烟喝酒。东乡族的节日与其他信仰伊斯兰教的民族相同，主要有三大宗教节日，即尔德节、古尔邦节和圣纪节，同时也过正月十五元宵节。农历正月十五，青少年都燃起火把，在山上奔跑，要跑遍地垄山头，以祈求当年的粮食丰收。

东乡

一

偏偏是在
中国最干旱的地方
泡出了最可口的
一碗又一碗
三香茶

而手抓羊肉的盛名
并不需西北风来浮夸
——大西北有多大
它香香的盛名
便有多大

二

在白号帽与长盖头的
外表下
东乡人心境的沟沟壑壑里
到底有多少
细水淙淙
大水哗哗

到底有多少
香甜的马铃薯
伴甜蜜的生活发芽

三

每日一小净呀
每周一大净
灰尘中他们心不灰呀
荒原里他们心不慌

眼皮下一辆三轮马车
又把谁家的生计和心计
拉出了山旮旯

四

除了黄土，还是黄土
除了黄沙，还是黄沙

东乡人让我坚信了
黄土黄沙里，恰恰有
黄金的神话

纳西

　　纳西族，主要分布在云南省丽江纳西族自治县，其余分布在维西、中甸、宁蒗、德钦和四川省的盐源、盐边、木里及西藏的芒康等地。纳西族讲纳西语，通用汉文。早在公元7世纪，纳西族人民创造了象形表意文字"东巴文"和音节文字"哥巴文"，但均不通用。被称"活着的象形文字"的东巴文，是目前世界上唯一保留完整的象形文字。主要信仰东巴教，也有信佛教和道教。主要从事农业、畜牧业，手工业也有发展。本民族有许多传统节日，如尝新节、朝山节、三月会、火把节等，最具特色的要数棒棒会。每当农历正月十五，纳西族人便聚集在各集镇，交流生产资料，以备春耕。晚上各家要吃元宵，到街上看歌舞表演，传情表意的民歌张口便来。

纳西

一

是绝唱
是金沙江虎跳峡
万里长江第一湾
这些绝唱
予它以绝妙的营养

穿越时空的纳西古乐
才拥有如此深邃的
交响

二

东巴文
哥巴文

或许是玉龙雪山折射的
一缕缕暖阳

是你旅途中常嚼常新的
干粮

三

"披星戴月"的服饰
你看够了么
"三叠水"的山珍
你尝够了么

小心下一幅木版画里
出现你贪婪的模样

四

这是在大研镇
在比爱情还幽深的
街巷

家家流水
户户垂杨

睡午觉的鹅卵石
又冒出了一串湿漉漉的
梦香

五

泸沽湖畔走婚的阿夏
是一粒从《东巴经》里
漏出的糖

今夜，他将悄无声息地
融进那一片迷离的月光

景颇

景颇族，是我国云南省世居民族之一。主要聚居于德宏傣族景颇族自治州的山区，少数居住在怒江傈僳族自治州的片马、古浪、岗房以及耿马、沧澜等县。景颇族有本民族语言，19世纪末曾创制了以拉丁字母拼写的景颇文字，1957年开始使用汉文。他们口头文学十分丰富，有创世纪神话、历史传说、民间故事等。景颇族保留着平均主义习惯，人人都可以到任何一寨、任何一家去做客，主人有义务招待饭食。传统节日是每年正月十五的"目脑节"，还有吃新节等。民族文化丰富多彩，舞蹈以集体舞为主。乐器有木鼓、牛角号、笛子、箫、口弦以及外族传入的铓锣、象脚鼓、小三弦。

景颇

一

老火地里种下五谷了
老火地里撒下烟籽了

给高黎贡山
贡些血　贡些汗
高黎贡山
也便给男女老少
贡出喜　贡出欢

二

最喜欢的这一把

模仿老水牛弯角的长刀
你能说出它由谁打造么

传说最先打刀的那个铁匠
朝朝暮暮锻打未成
死后化作了
落地即活的帮比草

三

暮暮朝朝
山环水绕

滇西抗战的刀斧　铜炮

至今仍在

景颇族的拼音文字里

抑扬顿挫呼啸

四

且听布谷鸟

在开春的高黎贡山
嘀咕着山里山外收获的奥妙

景颇族的小伙
你可要一五一十告诉我
我该给自己的银色长刀
配上怎样的刀鞘

柯尔克孜

　　柯尔克孜族，主要分布在新疆维吾尔自治区的克孜勒苏柯尔克孜自治州，其余散布在伊犁、塔城、阿克苏和喀什等地区，此外，在黑龙江省嫩江流域的富裕县境内也居住着少数柯尔克孜族人。柯尔克孜族讲柯尔克孜语，有皆盖、特斯开两种方言，词汇的多源性是柯尔克语的一个特点。柯尔克孜族有着悠久的历史和璀璨的文化背景，以热情好客闻名于世。多信仰伊斯兰教，极少数地区信仰藏传佛教。

柯尔克孜

一

说起雪峰，如灵魂一样
耸在高处

说起湖泊，如爱情一样
荡在眼前

说起牧场，如人生大广场一样
踩在脚下

说起河谷，正是避风谷
可安心
可安家

二

家是银光闪闪的哩
当天山深处
搭起了白帐篷

家是红红火火的哩
当毡房门前
燃起了芨芨草

她呀，是谁家的花仙子
她和她的百褶裙
在夏季的牧场上一闪现
忽然间花儿
便在牧场开了个遍

三

谁？又兴冲冲说起了
阿图什的无花果
味也好
名更佳

谁？又美滋滋说起了
最甜的那种葡萄

只有一层
再薄不过的皮

说来也怪
作为柯尔克孜神物的
鹿
它鸣叫的方向
定是光明的坦途

土

土族，主要分布在青海省互助土族自治县、民和回族土族自治县、大通回族土族自治县、黄南藏族自治州的同仁县和乐都县。土族有自己的语言，土语分互助、民和、同仁三个方言区，土族过去没有自己的文字，1979 年创制了以拉丁字母为基础的拼音文字，现仍在使用当中。多信仰藏传佛教。热情好客是土族历来的风尚，迎送客人三杯酒就是这种风尚最突出的表现。春节和（安昭）纳顿产节是土族最热烈、最隆重的两大节日。土族称春节为"新年"或"新月"。"纳顿"是土语音译，意为"娱乐""狂欢"。土族是一个能歌善舞的民族。家曲与野曲是流传于土族地区的民间说唱艺术。

土

一

"向着蓝蓝的天空看，
艳丽的彩虹挂天边。
那不是彩虹挂天边，
是土族阿姑的花袖衫。"

冷峻祁连山守望的
这一支彩虹民族
看得你眼热　心热
全身都驱了寒

二

君可知
正是那一弯又一弯

迎天接地的彩虹
吉祥着
土族的土——

地里产黄金
土中生白玉
丰收的"七日会"
唱的是互助情
跳的是"安昭舞"

三

好有福的
这一方土啊
草根甜
胡椒香

铃铛花开

锦鸡飞舞

崖头上一只雄鹰

正在打望着

日行千里的青海骢

今夜将歇在何处

四

也正是这一方

有福的土

让甜甜的长把梨

比贵德县的名字

还要贵几许

也绝对是这一方

有福的土
让湟水河畔的尕妹
将且鲜且嫩的菲叶
羞

五

在敖包和娘娘庙的
玄妙处
谁的心思
又在曼舞

彩虹，把天空
拉到了生活的最近处
同时也拔高了
这一方水土的
福

达斡尔

达斡尔族，主要聚居区于内蒙古莫力达瓦达斡尔族自治旗、鄂温克族自治旗、黑龙江省齐齐哈尔市梅里斯达斡尔族区。达斡尔族有自己的语言，原文字已丢失，大多数人使用汉文。达斡尔族主要信仰萨满教。达斡尔族人以善于造车而闻名，被称为"草上飞"的北国名车——大轱辘车即出自达斡尔族人之手。达斡尔族人最为隆重的节日是"阿聂节"（相当于汉族的春节），这是一年一度的传统节日。

达斡尔

一

嫩江里的水
那叫一个嫩

嫩江边的草
那叫一个嫩

嫩嫩的鲤鱼　　白鱼
活蹦乱跳着
每一个嫩生生的时辰

二

比晨露还嫩的
是柳蒿芽

古老的端午节
被它嫩出了
崭新的枝桠

三

大轮车
可不嫩哩
它走沼过路
被称作"草上飞"

"飞"出了
乘风破雪的
轨迹

四

最不嫩的
当数
那一双双手

那一双双手下的
曲棍球
活生生吸引了
全世界的眼球

仫佬

仫佬族，主要居住在广西河池市罗城仫佬族自治县。仫佬族多数人通汉语和壮语，没有本民族文字，普遍使用汉族文字。仫佬族的经济生活以农业为主，善种水稻，采煤是仫佬族生产中的重要组成部分。仫佬族的节日文化丰富多彩，有三月三的婆王节（又称花婆节）、四月初八的牛神节、五月初五的端午节、八月十五的中秋节（也叫走坡节），最具特色的是三年一大庆、一年一小庆的"依饭节"。

仫佬

在仫佬族山区
做一条牛
也是有福的

我之所以要把自己
惊喜的双眼
瞪得像牛眼一样大

之所以要瞪着一双
大大的牛眼
爬到青峦滴翠、溪水长流的
罗城山谷

之所以要在这里
和仫佬族人民一起
回到宋朝
"种稻似湖湘"

再走到明代

和乡亲们一同

使用铁制农具

一同采煤

一同掘地为炉烧制沙罐

和他们

同唱着即兴的"随吟"

忆旧的"古条"

戏谑的"口风"

边走边唱　唱回今生

一个最重要的原因

就是仫佬族

除了三月初三的小儿节

五月初五的端阳节

八月十五的后生节

立冬后的依饭节

竟然还有一个

四月初八的

牛节——

这一天是祭牛栏神的日子

这一天　是

牛休息的日子

是牛

最牛的日子

是整个仫佬族

对牛最尊敬的日子
更是全天下之牛
对整个仫佬族
最敬仰的日子

所以下辈子即使是
当牛做马也没啥想不通的
不过当牛的话
一定要当到
仫佬人放牧时光的山区

羌

羌族，主要分布在四川省阿坝藏族羌族自治州的茂县、汶川、理县、北川、黑水等地。羌族有自己的民族语言，通用汉文。羌族人对治水有丰富的经验，举世闻名的川西都江堰水利工程，就是两千多年前羌族人民和其他民族一起修建的。古老的原始宗教信仰是羌族传统文化的重要组成部分。羌族有自己的历法，传统的羌历新年是每年的农历十月，这是一年中最重要的日子。届时要举行各种庆祝活动，年轻人跳起节奏明快、舞姿雄健的"沙朗舞""皮鼓舞"等民族舞蹈，显示了羌族人勇敢豪迈的性格。

羌

羌啊羌
2008，全人类同一道深深的
伤——

茂县　汶川　理县
北川　平武……羌人的聚居地
一时间沦为
强烈地震的势力范围

羌，这个三千年来
都未曾改名的古老民族
突然被大地深处伸出的一只魔掌
撕扯得百孔千疮

那些国宝大熊猫
直插云天的碉楼
方形平顶的庄房

乃至羊皮外褂　云云鞋
沙朗舞　羌笛
差一点销声匿迹于大禹的故乡

羌，羌笛何须怨大地
五湖四海合酿的春风
而今已让你焕然一新
立于时代的掌心上

羌，牦牛羌　白马羌　青衣羌
参狼羌　冉䮾羌……
一直被称为云朵上的民族的羌
曾经以牧羊著称于世的羌
此刻我一抬头
就仿佛看到你悠哉悠哉
喜气洋洋的样

布朗

　　布朗族，主要聚居于云南省西双版纳傣族自治州勐海县的布朗山、巴达、西定、勐满和打洛的山区，景洪县的小勐养和大动笼，勐腊县的勐捧镇、芒果树乡。布朗族有本民族的语言，部分族群讲傣语、佤语或汉语，没有本族群的文字，部分会汉文和傣文。部分信小乘佛教，也信多神。主要从事山地农业，粮食作物以旱稻和水稻为主，辅种玉米、芝麻、瓜果、豆类和薯类。经济作物有茶叶、棉花、棕片、大麻等。村寨周围是大片的茶林，这里是著名的"普洱茶"原料产地之一。优越的自然条件为布朗族人民定居生息提供了条件。

布朗

实在是找不到更好的
形容词了
对巴达山的原始森林

它翠绿得比翠还绿
它神秘得比神还秘

其中有一株
高达三十四米
高龄一千七百多岁的
茶树王
是中国作为世界茶叶故乡的
活见证
我仰望着这棵茶树王
遗憾自己
没有出生在这布朗的山寨

遗憾自己

没能像这里男子一样

成为编织竹器的巧匠

遗憾自己

不能像这里的男女老少一样

常年品尝到酸肉酸鱼酸菜酸笋

还有那竹筒里

酸了三四个月才酸出来的

酸茶

如果我出生在这布朗的山寨

十五岁便会被

黄麻栗树烧焦的黑烟

去染自己的牙齿

之后便拥有了成人的资格

去寻她

去恋她

去尽享爱情的甜蜜

如果我出生在这布朗的村寨

也便成了这棵茶树王的近亲

也便不再只是一个

腊条舞　圆圈舞　刀棍舞
竹竿舞和采茶舞的
旁观者

布朗的茶树王
此刻是我遗落在深山的
一把最巨大的晴雨伞

撒拉

　　撒拉族，主要聚居在青海省循化撒拉族自治县和化隆回族自治县，以及甘肃省积石山保安族东乡族撒拉族自治县大河家乡一带。部分撒拉族散居于青海省的西宁市及黄南、海北、海西等州和甘肃省夏河县、新疆维吾尔自治区乌鲁木齐市、伊宁县等地。其有自己的民族语言撒拉语言，没有本民族的文字，通用汉文字。撒拉族过伊斯兰教的主要节日圣纪节、开节和古尔邦节，大小清真寺分布撒拉族各个村落，是穆斯林进行宗教活动的主要场所。

撒拉

一

铁出炉家
人出舅家

最敬舅亲的
是撒拉

犹如沉甸甸的果实
总是朝根朝土
垂挂

二

家必有园

园必成趣

最懂得家园二字不可分离的
是撒拉

庭前房后的花卉果蔬
一如图图画画
在一年的四个印张里
且香且雅

三

谁敢说
撒拉的唯一乐器
是口弦

从那精心镂刻的
梁柱和门窗上
从那洒脱热情的
互道"色兰"里
你肯定还能读响
撒拉的心弦

四

禁烟禁酒的撒拉
禁：水井附近洗衣
禁：人前咳嗽着说话

禁：反手舀饭反手倒水
禁：将馒头狼吞虎咽而下

但却从来不禁
来客的步伐
从来都视客人
为亲
为大

当你用双手端起
撒拉敬沏的香甜麦茶
是否也禁不住
对撒拉敬佩有加

毛南

　　毛南族，主要聚居在云贵高原的茅南山、九万大山、凤凰山和大石山一带，而广西环江毛南族自治县的上南、中南、下南山区更是被称为"三南"，素有"毛南之乡"之称。毛南族有自己的语言，通用汉语。崇拜多神。毛南族主要从事农业生产，兼营各种副业。毛南族饲养的菜牛远销上海、香港等地，颇有声誉。他们编织的竹器，工艺精湛。著名的花竹帽精致美观而又实用，既是毛南族的手工艺品，又是姑娘们珍爱的装饰品。

毛南

毛南原本叫
毛难

毛南人的大本营是
茅难山

难啊
茅难山难就难在
那狭小的耕地
如一只只小苦胆

"土能生黄金
寸土也要耕"
——风在喊，雨在喊
小虫们也一声又一声
喊在茅难山的

沟沟坎坎

刻在石柱和石碑上的
龙凤　麒麟　仙鹤
热眼相望着毛南人
戴起了一顶顶
花竹帽的梦幻
世世代代脚踩着
一只只草鞋的小船
耕耘着重峦叠嶂的波澜

当一层又一层梯田里
毛南人的心血
流成了红鲤鱼　红高粱　红薯的
红火火意象
流出了稻谷灌浆的

喜洋洋声浪

古老的月光

禁不住颤悠悠地

为它们——戴上了

银手镯　银项圈

而鸡犬声与读书声的

二重唱

正在向山外隆重推出一组

奔涌的云团——
那是又一批毛南菜牛
正在出栏

南瓜花每年都要
粉嘟嘟地开成喇叭状
广播着毛难人的
新名字：毛南

仡佬

　　仡佬族，主要居住于贵州省境内，讲仡佬语。仡佬族信仰多神，崇拜祖先。仡佬族的节日有春节和农历"三月三"的仡佬年。祭神树是仡佬年最重要的活动，这起源于仡佬族古老的自然崇拜。仡佬族的民间文学有诗歌、故事、谚语等，诗歌多为便于传唱的小调，分为三言、五言、七言等。

仡佬

一

仡佬
是石旮旯里钻出来的一株苗

比霜大
比雪高

八山一水一分田
一分田里种下十倍百倍的汗滴
硬是养活了
一代又一代老老少少

二

黄花白花金银花
玉米大米金银饭
三天不吃酸
走路打蹿蹿

酸死人的情歌
甜在了情哥的心上——

"想情郎，吃菜吃饭吃不香，
三天不吃一餐饭，
五天才喝半碗汤。"

三

把糯米糍粑
大大地挂在牛角上
把糯米糍粑
多多地喂进牛嘴里

牛王节上
牛王节外
那些高于生活的牛头
并不比锦绣云天
低几毫

锡伯

　　锡伯族，主要分布在辽宁、吉林、黑龙江、新疆等地。新疆察布查尔锡伯自治县是锡伯族最大的聚居区。锡伯族有自己的语言和文字——锡伯语和锡伯文，锡伯族人基本通晓汉语，新疆地区的锡伯族人有的还兼通维吾尔语和哈萨克语。锡伯族原为游牧民族，弓箭在他们的生活中占有重要地位。锡伯族的主要节日有春节、清明节、抹黑节、杜因拜扎昆节、端午节、中秋节等。

锡伯

一

历史的脚板上
有一层厚厚的硬壳
属于锡伯族
属于锡伯族铸造的
荣誉

从盛京到伊犁
从东北到西北
那一条寒光四射的
迁徙之路
那一条血光四射的
固边之路
硬是被拖家带口的
锡伯族官兵

用双脚一步一步
一步一步踏出

二

雪，为他们铺展着一片
纵马奔驰的漠野
风，为他们狂卷出一个
形似金牌的靶心

无论是东北平原上
披红戴彩的高粱
还是伊犁河谷里
连连鼓掌的春水
无一不传颂着他们

好骑善射

骑风射雪的

美名

三

看中国版图之上

互为犄角的大东北　大西北

有一股生生不息的力量

在奔涌而出

锡伯族的每旗每户

都是其中的

一股铁流

阿昌

阿昌族，主要分布在云南省德宏傣族景颇族自治州的陇川县户撒和梁河县九保、囊宋三个阿昌族乡。阿昌族操阿昌族语，有梁河、户撒两种方言，无本民族文字，绝大多数阿昌族人都通汉语、傣语或景颇语，一般都使用汉文或傣文。阿昌族手工业发达，尤其擅长刀具的锻打制造。阿昌族长期与汉族、傣族交错杂处，自然融合。多信仰小乘佛教，也信多神和祖先。阿昌族的禁忌大多与伦理道德、宗教信仰有关。

阿昌

一

阿
我把你加一口
便成了啊

昌
我把你加一口
便成了唱

难怪说
"阿昌生来犟
不哭便要唱"

二

听！阿昌在唱山

唱太阳烫金的山梁

听！阿昌在唱水

唱月亮镀银的水浪

阿昌在唱云

唱心事一样时舒时卷的云团

阿昌在唱树

唱情爱一样枝繁叶茂的树冠

与阿昌对唱的大地

也不由得唱出了

一缕缕沁人心脾的

茶香、稻香……

三

阿昌　唱出舌尖积蓄的瀑布
阿昌　唱出秋色榨出的蔗糖
阿昌　唱出朝霞燃烧的节拍
阿昌　唱出夜色迷人的秘方

除了那竹琴　洞箫　葫芦笙
除了那象脚鼓　铜锣
还有我
还有我此刻的心跳
也在为阿昌
一声声帮腔

普米

普米族，主要聚居在云南西北地区。普米族有自己的民族语言——普米语，曾使用过一种用藏文拼写的文字，但这些文字多用于宗教活动，流行不广，现多用汉语，汉文。普米族能歌善舞，凡遇重要节日，都举行对歌。喝酥油茶拌炒面是普米族传统的生活方式。

普米

一

这只木漆碗
莫不是哪位天仙
遗落于凡间的
彩碟么

虽然，锯齿般的群山
切断了你远望的目光
但是这一只
普米人盛星盛月盛天地的
彩碟
却能载着你的心跳
飞呀，飞

二

不是说
"有草则住，无草则移"么
小小的一根草
曾经是普米人心中
一个再大不过的字眼

也曾经
"夏处高山，冬入深谷"
再大的一座山
也只是普米人脚底
一枚再小不过的硬茧

三

一串定居于绿树的鸟鸣
同时定居在了
普米人今日的
葫芦笙与笛韵里了

花与果遥遥对歌的时候

春与倒春寒

使劲掰手腕的时候

玉米终于与秋色

套上了近乎的时候

普米人，他们本身

便是一粒粒

能营养天风地气的

米

塔吉克

塔吉克族，主要分布在新疆维吾尔自治区塔什库尔干塔吉克自治县。塔吉克族有自己的语言，分为色勒库尔塔吉克语和瓦罕塔吉克语两种方言。由于民族交往频繁，新疆许多塔吉克族人兼通维吾尔语和柯尔克孜语，普遍使用维吾尔文。塔吉克人多信仰伊斯兰教。塔吉克族十分重视礼节，团结友爱，互相帮助。塔吉克族主要从事畜牧业，兼营农业。节日有春节、播种节、引水节等。

塔吉克

一

鹰击于天
马纵于地

帕米尔的雪线
始终咬在
天之上唇
与地之下唇间

牛奶煮烤饼
近在眼前

二

"数清了河流再和我唱歌"

戈壁上的沙枣花
也把这探亲的春风
认作热瓦甫琴师么

比水花还短暂的无霜期
可真是一股从岁月夹缝里
硬生生冒出来的
绿色喷泉

三

草原上孤独的牧羊人
拥有了今夜的篝火
为什么心中
仍有些空寂

那棵苹果树哟
为什么老把它的阴凉
投在别人家的院子

——她，洁白的瓷碗
何时能亮到自己的
毡房里

四

那是
生而千年不死的胡杨

死后千年不倒的胡杨

倒后千年不朽的胡杨

那是

雪在赛马

云在摔跤

风在叼羊

那是谁

把自己的双手

张成了雄鹰的

左翅右膀——

展示生活与爱情的模样

怒

怒族，主要分布在云南怒江傈僳族自治州的贡山独龙族怒族自治县、福贡县、泸水县及兰坪白族普米族自治县。怒族有自己的语言，无民族文字。怒族的朝山节（也称"鲜花节"）节日当天，全村寨人聚在一起前往当地的钟乳洞，接洞中钟乳石滴下的水，这水被称之为"仙奶"。回家后，"仙奶"被洒入种子中，以祈愿来年的粮食获得丰收；也有把"仙奶"倒入醋、酒中的，以求得身体安康无病。

怒

一

怒，便是
路啊

林中有怒放的山花
江中有怒放的浪花

一个怒字
是这支民族特制的
犁铧

二

心思如麻只能搓成一根
捆绑自己手脚的
绳索呀

斧口硬硬地一怒

疙瘩柴也能劈成

碎渣渣

三

这一族放开手脚

跳猴舞　鸡舞　喜鹊舞的

山里人家

把一颗颗珍稀的玛瑙

佩挂

把一腔腔琐碎的烦恼

扔啦

这一族放飞心思

跳锅庄舞　洗衣舞　秋收舞的

辛劳人家

把一粒粒金黄的玉米

啃下

把一个黄金般的怒字

种在心里发芽

乌孜别克

乌孜别克族，主要分布新疆维吾尔自治区的乌鲁木齐，及伊宁、塔城、喀什、和田、莎车、叶城等县、市，其中以伊宁居多。乌孜别克族有自己的语言文字，使用以阿拉伯字母为基础的拼音文字，由于长期与维吾尔、哈萨克族杂居，所以大部分乌孜别克族人都用维吾尔文或哈萨克文。乌孜别克族的文化水平普遍较高，很多人从事文化教育工作。多信仰伊斯兰教。风俗习惯、衣食起居等和维吾尔族大致相同，和维吾尔族、塔塔尔族有通婚的传统。乌孜别克族人能歌善舞，民族乐器主要有"独它尔"和"弹布尔"以及音色相当优美的"斜格乃琴"。民间音乐曲调婉转动听，舞蹈以动作轻巧、富于变化而闻名。另外，乌孜别克族刺绣工艺也很精美细致，具有浓郁的民族特色。

乌孜别克

我不得不说
乌孜别克
是丝绸古道上的
能歌者
善舞者
豪饮者
常乐者

曾经的骆队、骡队、马队
联系着新疆的孤烟
通畅于中亚的霜雪

沙海里不知珍藏了他们
多少风干的热泪

一只只仙人掌
至今还立在历史的纵深处
标示着他们用血汗撰就的

金黄书页

而今在伊宁　在塔城　在喀什

在乌鲁木齐　在叶城　在莎车

在这些都市的行云流水间

他们身居楼宇

心却在野、在野外

在野外一遍一遍地

撒着"野"

丝绸古道的野史里

他们是正儿八经的路标

引人入胜的不朽章节

每读一遍

我左眼右眼都要涌出

为自己探路的

天山明月

俄罗斯

　　俄罗斯族，主要居住在新疆维吾尔自治区的伊型、塔城、阿勒泰、乌鲁木齐等地，其中以伊犁地区较多，其余散居在黑龙江省与内蒙古自治区等地。俄罗斯族使用俄语，使用俄文。俄罗斯族人多信仰东正教。俄罗斯族人性情开朗幽默，待人接客讲究礼节，问候、亲吻是他们最普遍的礼俗。他们最隆重的礼节是用面包和盐迎接客人，来客须用刀子切下一块面包沾少许盐吃下后方可进屋，象征友谊和善意。

俄罗斯

单人舞也罢
双人舞也罢
集体舞也罢
俄罗斯族的踢踏舞
总是能踢踏出
我们每个人冰封已久的
心花

旋转也罢
蹲身也罢
皮靴与地面的别样接触
触发出咚咚的鼓点
点亮了我们每个人生活中的
灯盏

在人与大地平等对视的韵律里
在人与大地和谐对话的节奏中
俄罗斯族的踢踏舞

不轻，但轻快

不激，但激越

它在我们的身体里

如小兽窜着

但不乱窜

它在我们的心灵里

如电池装着

但不假装

每当谈到俄罗斯族

我总最先说起这

别开生面的踢踏舞

总要在最后

说出这么一句广告语——

早知中国

有俄罗斯族

又何必千里迢迢

去俄罗斯旅游

鄂温克

鄂温克族，主要分布在内蒙古自治区和黑龙江省。鄂温克族有自己的语言——鄂温克语，无本民族文字，牧区通用蒙古文，农区和山区通用汉文。鄂温克族多信仰萨满教。崇尚天鹅，天鹅舞是鄂温克族的民间舞蹈。鄂温克族极其好客，认为家里来客人是喜事，无论认识与否，他们都把来者视为贵客，总是拿出最好的东西款待客人。每年 5 月 22 日的"米阔鲁节"，是鄂温克族民间传统节日。

鄂温克

一

呼伦贝尔
草原中的草原

那里是
白云的天堂
人生的甜糖

那里是鄂温克人
纵马奔驰的地方

二

大兴安岭

山岭中的山岭

那里是
密林的世界
人和的境界

那里是鄂温克人
畅饮鹿血奶茶的地方

三

嫩江流域
沃土中的沃土

那里是

丰收的代名词

生活的关键词

那里是鄂温克人

跳起欢快天鹅舞的地方

四

呼伦贝尔

大兴安岭

嫩江流域

全都曾是

暴风骤雨

枪林弹雨

全都曾是鄂温克族的

索伦骑兵

索命于沙俄和日寇的地方

德昂

德昂族，主要居住在云南省潞西县与镇康县，少数散居于盈江、瑞丽、陇川、保山、梁河、耿马等地，与傣族、景颇族、佤族等民族杂居在一起。德昂族有自己的语言，属南亚语系孟－高棉语族，没有本民族传统文字，部分地区通用傣语、汉语、景颇语。德昂族多信小乘佛教，亦信多神。德昂族人的传统节日也多与佛教有关，最隆重的节日当数泼水节，届时人们要用"水龙"为佛像洗尘，排成长队，祝福吉祥，互相泼水共贺新年。

德昂

你看呀
保山的青山
在昂头
澜沧江的绿水
在昂头

耿马的头马　种马　小马驹
都在昂头

镇康的康字
也在高高昂头
永德的德字
早已高高昂起了头

秧苗昂头
棉花昂头

茶香昂头

醉意昂头

一座座竹楼

一盆盆火塘

一阵阵读书声

一串串嬉戏声

一而再再而三地昂头

德昂人的

绚丽刺绣

精湛雕刻

华美彩陶

让你不得不

低下高傲的

头

保安

　　保安族，主要分布在甘肃省积石山保安族东乡族撒拉族自治县大河家一带。保安族有保安语，是阿尔泰语系蒙古语族唯一完全丧失元音和谐的语言，尚无文字，通用汉文。保安族多信仰伊斯兰教。保安族创造了丰富多彩的文化艺术。保安族能歌善舞，"保安花儿"优美动听，独具一格，舞蹈融合了藏族某些特点。造型艺术较为发达，妇女擅长剪纸，家庭木制用具、器皿及保安刀把上均刻有十分别致的花纹或绘有色彩绚丽的图画。

保安

是在河州
是在黄土高原与青藏高原的
吻合处
一柄又一柄五光十色的
保安腰刀
亮丽了我的旅途

这是一场视觉的
艳遇

是白铁
是白牛角　黑牛角
是青铜　红铜
将刀柄
将刀鞘
赋予如此迷离的
光束

摸上去

似有白日的硬

还有黑夜的酥

亦有西北风吹不熄的火苗

更有黄河百折不回的浪语

是这一支民族的

借代物

分明在我们的操场

分明在我们的情场

分明在我们商场

分明在我们的官场

分明在我们的

人生舞场

高高燃起了一座

铸造自我筋骨的

火炉

裕固

　　裕固族，主要分布在甘肃省祁连山北麓和河西走廊中段，肃南裕固族自治县和酒泉市黄泥堡裕固族乡居多，其余散居在兰州和新疆维吾尔自治区的哈密、昌吉等地。裕固族以畜牧业为主。除汉文化之外，裕固族文化中包含有明显的蒙古和藏文化的许多成分，基本上属于北方游牧文化范畴。裕固族大体上使用三种语言：东部裕固语（又称恩格尔语，属蒙古语族）、西部裕固语（又称尧乎尔语，属突厥语族）和汉语。多信仰藏传佛教。

裕固

兰州的人流中
她是一滴
源于祁连山的
水珠

在这钢筋水泥铸造的省会
省不去的乡愁
比那遍地的格桑花还多
省不去的童趣
比那满天的白云儿还幽

省不去的那些草原、帐篷
省不去的那些马匹、牦牛
省不去的那些高领长袍、红缨毡帽
省不去的那些烤全羊、奶茶、青稞酒
省不去的那些
削风砍铁的神话和典故
省不去的那些
见缝插针的山风和山雨

一如她曾经佩带的那条
名为"沙达尔格"的红布带上
点缀的玉石和珊瑚

除了倾听
我无语
除了一再把她
清如雪水的故事倾听
我还看到"尧呼儿"
这张古老的名片上
滴落了一串
辉映星月的寒露

今夜，又会有一只
从传说里蹦出来的神鹿
嘴衔雪莲
头顶珍珠
引领她从人声鼎沸的省会
梦回乡途

京

京族，主要分布在广西壮族自治区防城港市属的东兴市境内（亦属新兴的北部湾经济区），集中聚居在江平镇的巫头、尾、山心三个海岛上，从事沿海渔业。京族过去曾称为越族，1958 年春正式改称为京族。多信道教、佛教，少数信天主教。能歌善舞的京族人，时常演奏他们独特的民族乐器——独弦琴。京族一般在哈节期间要举行舞蹈活动。

京

大海里有珍珠
大海上有京族

京族的京
与北京的京
是同一个字
更是同一颗心

在海疆的博大开本里
京族人曾如一个个
惊叹号
与黑旗军一起
与游击队一起
一行一行
一页一页
守护着祖国的一个

核心章节——南大门
血旗般的珊瑚
正是其奋不顾身的
写真

这一支
潮涨潮落不离海的民族
风吹云走不离天的民族
大路不断牛脚印的民族
海上不断钓鱼船的民族
永远都弹奏着
独弦琴的清音

永远都用独弦琴的清音
与一个国家扬起的天风海雨
押韵

塔塔尔

　　塔塔尔族，主要分布在新疆维吾尔自治
区的伊宁、塔城、乌鲁木齐市，另外一些人
散居在阿勒泰、奇台、吉木藤尔等地。塔塔
尔族多信仰伊斯兰教，生活、习俗诸方面都
受到伊斯兰教文化的影响。塔塔尔族的服饰
十分讲究，他们的传统饮食也十分丰富，独
具民族风味。塔塔尔族过肉孜节、古尔邦节，
传统的民族节日有萨班节等。萨班节在春耕
结束夏收开始前的农闲时节举行，并开展摔
跤、穿麻袋赛跑、叼匙竞走、爬滑竿、赛马
等各种娱乐活动。塔塔尔族人民热情奔放，
能歌善舞。

塔塔尔

在北疆

乃至整个新疆

在西北

乃至整个中国

塔塔尔族的

语文课

算术课

自然课

地理课

宗教课

课课都是

"课代表"

哦，我是在说

他们的大学生比例

在五十六个民族中

独占鳌头

也难怪，他们会
那么喜欢拔河
那么喜欢赛跑
那么喜欢
爬高高的滑竿

在白杨河畔
他们的图腾
——那一只
寓意为力量源泉的
白额头公羊
在我们这些游客看来
仿若一位
博古通今的老先生

塔塔尔三个字
理应写入
国人必读的课本

独龙

　　独龙族，主要聚居在云南省怒江傈僳族
自治州贡山独龙族自治县独龙江流域的河谷
地带。独龙族以从事农业为主，但保留着渔
猎的传统。主要信仰多神。讲究信用遵守诺
言是他们的道德传统。历史上，独龙族被誉
为"不用锁门"的民族，他们始终保持着"路
不拾遗，夜不闭户"的古老而淳朴的社会风
尚。一年一度的独龙族传统节日称作"卡雀
哇"，是在每年最后一个月由各村寨的长老
们择吉日而定的。神圣的祭山神活动之后是
隆重而欢乐的"割牛宴"，这是整个峡谷沸
腾的日子。

独龙

一

也许只有高傲的山茶花知道
在这三山耸立的地方
从山脚到山顶
到底要走多陡多险的路

也许只有坚硬的鹅卵石知道
在这三江并流的地方
从江头流到江尾
到底要走多弯多远的路

二

正在跳高跳远的
那些岩羊与麋鹿

怎么也跳不出
荆棘丛生的成语

三

当他好不容易
弯弯绕绕地走到了
阿妹的心中
谁？刚好在竹楼里
煮热了水酒

四

风，又在翻新书

雪山下一树

怒放的桃花

或许正是这个春日里

最美丽也最坎坷的

词句

五

木耳收听到的信息

来自更高更远的
秋

走过藤桥的捷径
一滴滴及时雨
在女人文面的细节里
让甜荞睁出了
惊喜的眼珠

鄂伦春

　　鄂伦春族，主要分布在内蒙古自治区呼伦贝尔盟和黑龙江省。鄂伦春族自古以来一直从事狩猎生产，性情淳朴、坚强，以勇敢强悍而著称，被誉为"兴安岭之王"的鄂伦春族的游猎生活并不是在茫茫的大森林中漫无边际地游荡，而是有固定的范围和一定的规律。鄂伦春语是鄂伦春族的民族语言，他们没有本民族文字，曾经学习使用过满文，现在主要使用汉语。鄂伦春族多信仰萨满教。鄂伦春族无论男女老少都能歌善舞，他们常常将诗歌、音乐、舞蹈结合在一起，形成自己独特的风格。民歌调种类很多，风格多样，即兴填词，随编随唱。

鄂伦春

多像一首诗的名字
鄂伦春

多像一个诗人的笔名
鄂伦春

多像一个亲和力十足的
品牌，鄂伦春

鄂伦春人
亲和着鹿
亲和着鹿茸的美
亲和着鹿眼的仁
亲和着鹿血的热
亲和着鹿鸣的纯

鄂伦春人

亲和着森林

亲和着森林的高远

亲和着森林的纵深

亲和着森林的赏赐

也亲和着森林里

与生俱来的荆棘与寒冷

与它们不亲不和的

却是沙俄那一双

溜溜的贼眼

却是日军那一颗

黑黑的盗心

而与贼眼和盗心不亲不和的

当然是鄂伦春人

让野兽魂飞的马队

让野兽魄散的枪声

仿佛他们数千年的狩猎

正是一轮轮

针对贼眼和盗心的演习

除了野兽，还能是谁

在他们的演习里

数千年充当了蓝军

如今每冬

都有一场又一场暴风雪

一遍又一遍地

不厌其烦地把他们锻打着
不厌其烦地把他们检验着
锻打着、检验着他们
永不丢失的雄魂

开春了，开春的大兴安岭
响起几声礼赞的鸟鸣
第一声：鄂
第二声：伦
第三声：春

赫哲

赫哲族，大部分居住在黑龙江省同江、抚远、饶河等市、县，其余分布在佳木斯、富锦、集贤、桦川、依兰等县。赫哲语是赫哲族的民族语言，无本民族文字，通用汉语汉文。赫哲族主要信仰萨满教。民间有丰富多彩的说唱文学，最受欢迎的是"伊玛堪"，还有民间故事（说胡力）、音乐和美术。赫哲族是中国北方唯一的以捕鱼为生、用狗拉雪橇的民族。民间工艺精美，常在鱼皮、兽皮制作的衣物和木制餐具上，饰以美丽的图案。乌日贡节是赫哲族人一个新的节日，诞生于1985年，"乌日贡"意思为娱乐或文体大会，每三年举行一次，一般在农历五、六月间举行，历时两到三天。

赫哲

一

不只是在眼里，在
每一个赫哲人的心中
荡漾

荡漾着一圈又一圈
让记忆之风
怎么也晾不干的
湖光

二

往事，等同于一串串
网事

生活，跳跃着一尾尾
鲜活

三

撒网收网的时候
太阳的鱼眼中
月亮的鱼眼中
那一朵朵姓白的云
又从大顶子山
急匆匆赶来逐浪了——

桦皮船的熨斗
怎么也熨不平
风生水起的波光

四

在依玛坎源源不绝的
抑扬顿挫里
雪橇，正在挥洒流畅的意象
地窖子，已捕获泥土的温暖

又一缕拔节的鱼香

启动了

赫字的舢板

哲字的云帆

门巴

门巴族，主要分布在西藏自治区门隅地区，少数在墨脱、林芝、错那等县。门巴族有自己的语言——门巴语，但是没有本民族的文字，通用藏文。门巴族多信藏传佛教，部分信本教。门巴族有丰富的民间文学，民歌曲调优美、流传久远，其中以"萨玛"酒歌和"加鲁"情歌最为奔放动人。门巴族人主要从事农业，种植水稻，也兼营畜牧业和狩猎，擅长竹藤器的编织和制作各种木碗。门巴族人民与藏族人民长期生活在一起，互相通婚，在政治、经济、文化生活习俗等方面都有十分密切的关系。藏历正月初一至十五是门巴喜庆的日子。新年节庆期间，全村在宽敞的地方唱歌跳舞，表演一种叫做"错木"的门巴戏剧。

门巴

门巴人出门
难于上青天

在墨脱
这个隐藏着莲花的圣地
他们的双脚
至今仍未能与全国的公路网
相连

以演假面戏剧著称的
门巴人啊
他们假想的大道
一定是连天连地
连山连水
连神灵

辣椒佐餐
柴刀开路
门巴人披荆斩棘
翻山越岭

与奇花异草
与珍禽异兽
共著着这一册
风儿也翻不开的秘典

一如雅鲁藏布江
多少年都在怒斥着
那条子虚乌有的
麦克马洪线
门巴人见不得
探险者带入的
任何一个有辱山水与神灵的
字眼和标点

我在想
假如真的有了一条
通往墨脱的大道
蜂拥而至的游客
会让门巴人欣喜不已
还是烦恼连篇

珞巴

　　珞巴族，主要分布在西藏自治区珞瑜地区，少数分布在墨脱、米林、隆子、林芝、察隅、朗县一带。珞巴族有自己的民族语言，没有本民族文字，通用藏文，通常以刻木、结绳记事。珞巴族崇拜多神，主要从事农业。采集和打猎在生产和生活中也占相当的比重。也许因为没有本民族文字，也许是神奇美丽的喜马拉雅山给予的无穷艺术灵感，珞巴族人的口头文学十分丰富。篇幅宏大、别具一格的古老史诗《节世歌》苍凉浑厚，一代代传唱不息。

珞巴

其实每个人都有一件
从不离身的东西

珞巴族男子
从不离身的东西是
艾热阿

"艾热阿"钢刀
八十公方长
五公分宽
檀香木做成的鞘和柄上
红钢丝将其缠绕得
大方而美观

中看也中用的
艾热阿
供装饰
利生产
这样的随身物
谁能说不喜欢

这样的一把
艾热阿
是喜马拉雅山的
一喜——

它在《加金》曲里
锋光闪闪地奏响了
一个民族公平分配的史实

公平分割着
每一次集体狩猎所获的
甜蜜

这样的一件
我们求之已久的东西
在深不可测的河谷中
在荆棘丛生的深山里

是生活热爱者的书签
是岁月开拓者的标题

基诺

　　基诺族，主要分布在云南省西双版纳傣族自治州景洪市的基诺山基诺族乡及其附近地区。基诺族有自己的语言——基诺语，没有本民族文字，过去多靠刻木记事。基诺族主要信仰多神，崇拜祖先。基诺族有丰富的史诗、故事和传说。《玛黑和玛妞》反映的是远古时代人类起源的洪水故事。基诺族有自己特有的民族习俗、祭把礼仪和节日。比如"上新房"习俗：父亲去世一年后，儿女们要重盖新房，意思是把自己的房子献给父亲，新居落成时要举行隆重的祭祀活动。打铁节，基诺语称"特毛切"，是其最隆重的节日，每年农历七、八月间亦过新米节。

基诺

一

基诺山的童话里
彩插着一幅幅惹人眼热的
香蕉　木瓜　普洱茶

而蝴蝶不只是一朵朵会飞的花
更像是从哪位大师笔下
舞出的一句句佳话

二

最佳的话，当数基诺山的情话
一如从根到梢
越结越多的象耳果

他铁链鸟一般闪亮的眼光哟
老在她嫩笋叶一样
洁白的心上起落

三

再紧的发辫，也能用一把梳子理开

基诺山说不完的心里话
恰似那竹筒里
源源不断的清泉水

基诺山藏不住的悄悄话
正是那争先恐后
喜滋滋灌浆的谷穗

四

擂响太阳鼓的民族
让太阳说出
亮堂的祝福

在那锁梅叶酿制的新米节
全家人都围在火塘边

紧盯着蒸汽，从甑子里
向东冒出来：子孙兴旺
向南冒出来：明年丰收
向西冒出来：打猎必获

每一缕都是缭绕不绝的
方言　世界语

尾声

这是天意的星辰
大地的葵

天行健——
五十六颗异彩纷呈的
行星
沿着共同的轨迹

星光灿烂，生生不已
五湖四海
掌声不息

后记

Epilogu

光阴的确是有故事的。

十年前，我本着为民族画像，为时代放歌的初心，战战兢兢地写完并出版了围绕五十六个民族题材的《东方星座》，内心沾沾自喜且为之骄傲、自豪。十年间，每当我沿着来时的路回望那些分行的文字时，发现忐忑不安的情绪早已覆盖了当年的愉悦。十年后，我觉得还是很有必要鼓足勇气尽可能地去补充和完善这个文本，以免在原本就充满缺陷的抒情中，留下人生不应有的遗憾。

就这样，在自我肯定和自我否定的过程里，十年的光阴，悄悄地从指间流走了，没有留下半点痕迹。就这样，我决心重起"炉灶"，再一次检视、修订曾经属于自己的美好岁月，力求给自己一个相对比较满意的答案。就这样，就有了呈现在大家面前的《大地星辰》。

在诗与歌之间行走，我已从懵懂少年走到暮气横生的中年。对于诗歌，不离不弃，就因为喜欢。诗歌于我，给予更多的还是滋养。谦卑做人，敬字如神，在日常的写作中，我学会了坚忍，在坚忍中追梦，在追梦的旅程中为灵魂找到了另一个出口。

感谢中国作家协会副主席、著名作家贾平凹先生为这本集子题写书名。

感谢著名诗歌评论家霍俊明先生热情作序。

感谢云南省社科院民族学专家胡文明先生、四川民族出版社周文炯老师、成都力扬文化赵娟女士、贺州市文联孟菲女士以及广西黄姚古镇旅游文化产业区罗建勇先生为集子的勘校、设计、出版工作所付出的辛勤劳动。面对你们的付出，我小心翼翼，生怕辜负了大家的期待和时光对我的眷顾。

我会记住这一切。直到属于我自己的光阴终老。

是为后记。

作 者

2020 年春于岭南黄姚古镇